UNIVERSUM

Jenny Hoffmann

Das geheime Land der Einhörner

Teil 1 und 2

europabuch

europabuch

www.europabuch.com | info@europabuch.com

ISBN 9791220120050
Erstausgabe: Mai 2022

Gedruckt für Italien von Rotomail Italia
Finito di stampare presso Rotomail Italia S.p.A. - Vignate (MI)

Das geheime Land der Einhörner

Teil 1 und 2

Ich möchte mich ganz herzlich bei
Frau Jennifer Puschel bedanken,
die es überhaupt möglich gemacht hat,
mein erstes Werk zu veröffentlichen.
Ich hoffe auf eine lange weitere
Zusammenarbeit mit ihr.

Ich bedanke mich auch bei allen anderen Mitarbeitern vom Europa Buch Verlag, die sich beim Cover und anderen Vorschlägen sich beteiligt haben.

„Und dann schreibe ich so, wie ich mir das Buch wünsche, wenn ich selbst ein Kind wäre. Ich schreibe für das Kind in mir.“

Astrid Lindgren, 1970

TEIL 1

Unheilbar krank

Eine Geschichte von einer Legende, die zur Wahrheit wird. Sie fängt an mit einem kleinen Mädchen, das mit ihrer Familie ein glückliches und zufriedenes Leben führte. Bis eines Tages die kleine, die den Namen Bella trug von der Schule nach Hause kommt. Denn an diesem Tag geschah etwas sehr Trauriges. Alle Familienmitglieder standen um das Bett der Mutter herum. Sogleich fragte Bella, was passiert sei.
Da sprach der Vater sorgend: „Die Mutter leidet an einer unheilbaren Krankheit, mein Kind. Und bisher konnte ihr kein Arzt helfen. Wir haben einen Spezialisten für unerklärliche Krankheiten angerufen, der weltweit bekannt sein soll. Der kann aber erst morgen früh vorbei kommen."
Nach dieser traurigen Nachricht begann der Vater das Abendbrot zuzubereiten. Keiner jedoch brachte einen Bissen herunter. Alle machten sich viel zu große Sorgen.
„Was ist, wenn der Arzt, der morgen früh kommt, auch keinen Rat weiß und unserer Mutter nicht helfen kann Vati?" „ An so etwas wollen wir gar nicht erst denken Bella. Denn er ist ein Spezialist und kennt sich mit allen Krankheiten aus, die es gibt. Man sagt, er sei überall schon gewesen auf der ganzen Welt und hat viele Forschungen betrieben, um jede Krankheit heilen zu können. Dieser Arzt ist weit bekannt." Nach diesen Sätzen ging der Vater zu Bett. Bella und ihre Geschwister sahen, wie bei ihm leichte Tränen herunter flossen. Sie wussten, dass er sich auch nur wenig Hoffnung machen würde.

Allmählich wurde es Nacht und jeder versuchte zu schlafen. Außer Bella. Sie war hellwach und grübelte vor sich hin. ,,Wenn er ihr morgen nicht helfen kann, wer kann es denn dann? Es muss doch eine Möglichkeit geben, oder ein Heilmittel, irgendetwas, bitte lieber Gott!" Im Wachzustand träumte sie ein wenig herum und plötzlich erschien vor ihr ein helles, leuchtendes, warmes, weißes Licht.

In dem Licht war eine Stimme zu hören, die klang wie eine traumhafte Melodie. Diese Stimme sprach: „Komm, komm zu uns. In das geheime Land der Einhörner." Daraufhin verschwand das Licht wieder. Zuerst dachte sich Bella, das sei ein seltsamer Traum gewesen. Aber dann hörte sie ein lautes Wiehern von draußen. Und ihr wurde klar, das kann kein Traum gewesen sein.
Die Nacht verging und am nächsten Morgen stand Bella etwas später auf. Der Spezialist war bereits da und lief in das Zimmer der Mutter hinein. Die Untersuchungen dauerten ungefähr eine Stunde lang.
Er kam aus dem Zimmer wieder heraus und trug ein verzweifeltes Gesicht. Aus wenig Hoffnung wurde Wirklichkeit.
Der Arzt wusste so viel über sämtliche Krankheiten und was man dagegen tun könne. Doch es schien, als ob die Mutter an etwas litt, das auch ihm unbekannt war. „Es steht nicht gut um sie. Nur noch wenige Tage bleiben ihr. Die Zeit drängt sehr, ein Heilmittel zu finden. Ich gebe ihr erst einmal Antibiotika und lasst uns hoffen das es sich nicht mehr verschlimmert und die Krankheit sich nicht bis zum Limit ausbreitet."
So sprach er zu all den anderen. Man sah ihm an, wie leid es ihm tat, dass er das erste Mal nicht helfen konnte. Bella kam eine Idee und bat den Arzt mit auf ihrem Zimmer. Dort erzählte sie ihm, was letzte Nacht geschehen war.

„So wie du mir das erzählst klingt das ja fast wie... Ach nein, das kann nicht sein." „Bitte sagen sie es Herr Doktor." „Also schön. Ich habe es schon oft auf der ganzen Welt gehört. Es soll eine Legende geben, die eine Geschichte erzählt, von einem geheimen Land der Einhörner. Wie das Land aussieht, weiß keiner, aber wenn es das wirklich gibt, dann könnten wir deine Mutter das Leben retten." „Was ist an dem Land denn so besonderes?", fragte Bella ihn. „Nicht das Land selber, die Einhörner die dort leben. Sie besitzen magische Kräfte in ihren goldenen Hörnern. Diese reiben sie an einem Baumstamm, sodass Goldstaub zurück bleibt. Man erzählt sich, dass die Einhörner angeblich jede unheilbare Krankheit damit heilen können. Bisher hat aber keiner, der die Karte gefunden hat, das Land gefunden. Alleine der Weg ist sehr, sehr weit weg." „Welche Karte meinen Sie denn?" „Ich habe sie bei meinem letzten Patienten gefunden. Sie zeigt den Weg in das geheime Land, der jedoch mit vielen gefährlichen Gefahren und Aufgaben verbunden ist. Für ein kleines Mädchen wie dich ist das viel zu gefährlich. Ich selbst habe über viele lange Jahre mühelos versucht, den Weg dorthin zu finden, aber vergebens. Heute glaube ich, es sei nur eine Legende, die man sich gern erzählt, um andere zu trösten. Das wäre auch zu schön gewesen, alle Menschen heilen zu können, die sehr krank sind." „Lassen Sie mich bitte diese Karte mal ansehen."

Die Karte

Der Arzt gab ihr die Karte und er lieh sie Bella für ein paar Tage aus. Man sah darauf, dass der Weg wirklich sehr beschwerlich war. Von den Symbolen her, ähnelte sie einer Schatzkarte, doch das sollte noch nicht alles sein. Das erste Hindernis laut Karte sah aus wie ein großer Berg, den man besteigen müsste und auf der anderen Seite wieder herunter. Das war doch gar nicht mal so schwer, dachte sich Bella. Das nächste Hindernis waren seltsame Linien, die kaum einen Sinn ergaben. Doch bei genauerem Hinsehen ergaben alle seltsamen Linien ein gewaltiges Labyrinth. Danach war ein Schild mit einem Krokodilkopf und eine Brücke mit einem See, die sehr wackelig aussah. Bella fiel ein, dass sie schon einmal von so einem See gehört habe. Es würde nur über diese wackelige Brücke weiter gehen, doch weiter wusste sie nicht. Dann das letzte Hindernis, was auf der Karte aufgezeichnet war, sah aus wie meterlange, steinige Mauer. So hoch, dass man sicherlich nicht darüber hinaus schauen konnte, und in der Mitte der Mauer ein großes Metalltor. Doch ganz zum Schluss auf der Karte war ein Einhornkopf abgebildet, mit einem Kreuz.

Bella studierte die Karte bis zum Abend und schlich sich leise aus dem Haus heraus. Denn sie hatte sich fest entschlossen, den langen und beschwerlichen Weg in das geheime Land der Einhörner zu gehen. Egal, wie gefährlich es werden würde. Es musste was geschehen, dass die Mutter wieder gesund wird machen würde. Und Bella war ein sehr stures Mädchen. Wenn sie sich einmal was in den Kopf gesetzt hatte, setzte sie es auch um.

Das erste Hindernis schien nicht allzu weit weg zu sein. Der große Berg. Laut Karte lag dieser im Norden. „Wenn ich den ganzen Tag unterwegs bin, schaffe ich es bis dorthin.", dachte sie sich, und so war es auch.

Der große Berg

Hinter einem mittleren Hügel stand er und er sah noch größer aus als auf der Karte, und auch etwas seltsam. Einen so hohen Berg hatte Bella noch nie gesehen. Man konnte weder nach rechts noch nach links vorbei laufen. Eigentlich hatte sie ziemliche Höhenangst, doch der Wille, die Mutter zu retten, war stärker. Und so bestieg sie ihn.
Es schien, als ob das Bergsteigen kein Ende nahm, doch dann endlich oben ans Ziel angelangt, sah man wie der Weg weiter ging. Einen weiteren Tag hatte die mühsame Kletterei gedauert. Die Sonne war bereits schon unter gegangen. Und Bella stand vor einem großem Loch. Ihr wurde klar, das war kein gewöhnlicher Berg. Dieser war ein Vulkan gewesen. Und als ob das schon nicht schlimm genug war, aktiv war er auch noch.

Sie lief um das Loch herum und plötzlich sprudelte die Lava und schoss nur so in die Luft. Ihr wurde bewusst, viel Zeit hatte sie nicht mehr. Schnell schaute Bella auf die Karte, wo ein kleiner Hinweis stand: „Für eine Seite entscheiden." Dann drängte die Zeit allmählich. Doch wohin hinunter steigen, und das in Windeseile?
Es überkam sie ein warmes Bauchgefühl das ihr sagte, laufe nach Süden. Eigentlich hörte Bella nie auf irgendwelche Gefühle, doch Zeit zum Nachdenken blieb nicht. Sie rannte in Richtung Süden, so schnell ihre Beine nur konnten. Dann sah Bella ein langes, großes Holzbrett. Mit einem Satz schmiss sie sich darauf und fuhr damit, als wäre es eine Schlittenfahrt. Doch dies war weder spaßig noch lustig. Die Lava floss den Vulkan hinunter und sie war dicht hinter Bella. Für einen Moment lang wurde ihr klar, dass es nicht zu schaffen sei. Fast unten

angekommen schlug der Lavafluss nach rechts vorbei ab, in eine tiefe Schlucht. Auf einer wunderschönen Wiese hielt das Holzbrett anschließend an. „Gott sei Dank, ist das gut ausgegangen.” Und ihr fiel ein Stein vom Herzen.

Das Labyrinth

Nun lief sie immer weiter in Richtung Süden. Ein weiterer Tag ging vorbei und hinter dem nächsten Hügel sah es sehr düster aus. „Da muss das nächste Hindernis sein. Bestimmt das Labyrinth, so wie es die Karte anzeigt." Und Bella hatte Recht. Da war es nun. Das lange, unheimliche, gefährliche Etwas, mit Rätseln und Aufgaben nur so versteckt. Das Labyrinth.
Bella schaute hinein und stellte fest, es sah eher aus wie ein riesiger Irrgarten. „Auf los geht`s los!", dachte sie sich. Doch dann erschien ein Schild und es stand darauf das Wort „Vorsicht“. Mit einem Sprung rannte Bella, ohne nachzudenken, hinein. Denn zu Hause gab es jemanden, der sehr dringend gesund werden musste und da nahm sie jeden Mut, der in ihr war, zusammen. Sie musste in das geheime Land der Einhörner und dieser Gedanke gab Kraft. Aber ein Zurück gab es nicht. Einmal hinein, wird es verschlossen und es geht nur noch nach vorn weiter. Nach ein paar langsamen Schritten ließ das erste Rätsel nicht lange auf sich warten. Eine Schrift aus Rauch erschien vor Bellas Augen.

„Finde das fehlende Teil“, stand da. Sie lief durch den Rauch hindurch und es erhob sich aus dem Boden heraus eine Platte mit zwei Buchstaben. Ein A und ein S, einer fehlte jedoch. Eine Sirene ertönte laut, mit einer Zeitvorgabe. Nur zwanzig Sekunden. „Wo ist der fehlende Buchstabe bloß?" Noch zehn Sekunden. In allen Ecken rannte sie. Und bei fünf Sekunden fand Bella ihn schließlich in einem Busch. Es war der Buchstabe D. Und schnell steckte sie ihn in die Platte hinein. Die Platte leuchtete rot auf und ein Pfeil zeigte ihr den Weg weiter. Hinter einer Gabelung erschien wieder Rauch mit einer

Schrift. „Tritt auf die Richtigen“, stand da. Bella konnte sich zunächst keinen Reim darauf machen. Schritt für Schritt lief sie voran.
Plötzlich verschwand vor ihr der Boden und es erhoben sich viele Steine in allen möglichen Größen. Diese schwebten in der Luft. Und es sah wie ein bekanntes Hüpfspiel aus, das sie oft mit ihren Geschwistern gespielt hatte. Über einige der Steine hingen mit einem Strick befestigt Buchstaben. Diesmal waren es mehrere. „Wenn ich einfach auf die Steine springe, wo sich die Buchstaben befinden, das wäre sicherlich zu einfach und eine Falle.”, dachte Bella sich und so verließ sie sich lieber auf ihr Bauchgefühl. Auf den ersten Stein rannte und sprang sie zu und die Sirene ertönte mit der Zeitvorgabe 30 Sekunden nur.
Wie durch ein Wunder gelang es ihr, auch diese Aufgabe zu bewältigen. Angekommen auf dem sicheren Weg, erschien eine Platte und Bella steckte alle Buchstaben hinein. Das Wort, das gesucht wurde hieß „geheime“. Nun war auch ihr klar, es ging um das geheime Land der Einhörner.
Die Platte leuchtete rot auf, und statt einem Pfeil erschien ein helles Licht, den Bella offensichtlich folgen sollte. Mehrmals links und rechts musste sie abbiegen. Bis das Licht anschließend vor ihren Augen erlosch.

Ein Rauch stieg auf, mit einer Schrift. Und dieses Mal stand „Finde sechs Wörter“. Eine Platte erhob sich wieder aus dem Boden heraus und das Wort, das gesucht wurde, hieß Land, nur dass das N fehlte. Bella wusste sofort, dass sie sechs Reimwörter mit Land sagen musste, um diese Aufgabe zu lösen. Und wieder sehr wenig Zeit - zwanzig Sekunden. Nach dem Klang der Sirene rief sie so laut es ging: „Band, Rand, Wand, Sand, Fand und Hand.” Die Zeit war schnell um und der Rauch verschwand. In der Luft hing der Buchstabe N. Bella schnappte ihn sich und steckte ihn in die Platte. Diese leuchtete rot auf, doch es kam kein Hinweis, wohin sie jetzt gehen müsste. Weder ein Pfeil noch ein helles Licht erschien. Dann sah Bella einen kleinen Hasen, der um die Ecke saß. Es schien, als ob er wollte, dass sie ihm folgte. An einem großen Loch hielt der Hase an und löste sich in Luft auf. Vor ihr erschien wieder dieser seltsame Rauch mit einer Schrift. „Nur einen Versuch“, stand da. Man sah ein dickes Seil, das über dem Loch hing, und daneben war der Buchstabe E zu sehen.

Bella wusste, was hier zutun war, aber ob das zu schaffen war, bei nur einem Versuch? Hier hieß es weiten Anlauf nehmen. Sie nahm ihren ganzen Mut zusammen, und für einen kurzen Augenblick dachte sie an ihre arme, kranke Mutter. Bella nahm einen großen Anlauf, sprang zum Seil hinüber, griff nach dem Buchstaben und schwang sich über das Loch hinweg. Das Seil riss und fiel in das tiefe Loch, und die Platte erschien, in welche sie das E hineinsteckte. „Ich habe es wirklich geschafft.”, sprach Bella erleichtert, und die Platte leuchtete rot auf. Das strahlende, rötliche Licht der Platte zeigte ihr den richtigen Weg weiter. „Eine Aufgabe noch muss ich schaffen, und dann müsste das letzte Hindernis die Brücke sein, mit dem See.”

Das Licht wurde immer dunkler und erlosch vor dem dicken Rauch, der vor ihr erschien. In dem Rauch war diesmal eine rote Schrift und es stand: „Finde die roten Lichter.“
Bella verstand die Welt nicht, doch eigentlich müsste es ganz einfach zu lösen sein. Nur nach dem Rauch kam von einer Seite ein dichter Nebel. Dies machte die Sache sehr beschwerlich. Doch Bella hatte es fast geschafft und sie

lief tapfer hindurch. Sie entdeckte das erste rote Licht, auch wenn es nur ganz schwach zu sehen war, an ihren tollen Augen ging nichts vorbei. Die Sirene ertönte mit der Zeitvorgabe von fünfzig Sekunden. Fast eine Minute, das muss zu schaffen sein, zumindest denkt man das. Aber Bella sollte schnell herausfinden, dass es nur sehr wenig Zeit ist für diese und letzte Aufgabe. Sie lief zu dem roten Licht.

Es war ein Buchstabe, das E, und schon sah man das nächste rote Licht. Dann überkam Bella ein Bauchgefühl, das ihr sagte, renn im Zickzack-Muster. Daraufhin rannte sie los. Und tatsächlich, in diesem Muster war immer ein rotes Licht mit einem Buchstaben. Links das Zick und rechts das Zack, die Zeit drängte. Noch fünf, vier, drei, zwei, eins. „Geschafft!" schrie sie fröhlich.

Die letzte Platte erhob sich aus dem Boden und Bella steckte die Buchstaben hinein, die das letzte Wort ergaben: „Einhörner". Nun stand sie vor einem großen Tor. Es öffnete sich quietschend und laut. Dahinter war ein großer See, der von einer wunderschönen Landschaft umgeben war.

Die Brücke der Krokodile

Bella schaute auf die Karte und sah ein Schild mit einem Krokodilkopf darauf. Gleich daneben schien eine Brücke abgebildet zu sein. Doch sie schaute sich um, und nirgends war eine Brücke zu sehen. „Ich glaube, von all den Hindernissen ist das hier das schwerste.", sprach Bella leise vor sich hin. Es blieb ihr nichts anderes übrig, als den See entlangzulaufen. Und dann tatsächlich in der Mitte des Sees, eine große, aber sehr wackelige Brücke. Die Karte log nicht. Alles, was darauf war, stimmte bisher mit allem überein.
Bella lief, bis sie schließlich vor der Brücke stand. Daneben war ein Schild aufgestellt mit dem Krokodilkopf. Doch weit und breit kein einziges Krokodil zu sehen. Ein dichter Nebel verbreitete sich plötzlich über den ganzen See. Bella lief es eiskalt den Rücken herunter, doch wenn sie jetzt aufgeben würde, wäre alles umsonst gewesen. Es wurde immer unheimlicher, eine Stille umgab sie, wie sie gruseliger nicht sein könnte.

Keine Vögel am Himmel waren zu hören. Das war kein gutes Zeichen. Dann erschien in dem dichten Nebel eine Rauchschrift, die kaum erkennbar war. Denn dieses Mal waren es mehrere Sätze. Und Folgendes stand darauf: „Nur die richtigen Töne helfen dir, die Brücke unversehrt zu überqueren."
Was könnte das nur bedeuten? Was für Töne? Hier war doch alles still in der ganzen Gegend. Bella dachte sich nichts weiter und machte den ersten Schritt auf die Brücke. „Dong.", ertönte es, und sie nahm den Fuß sofort wieder weg. Jetzt war alles klar, warum es hieß, finde die richtigen Töne. Aber zu welchem Zweck eigentlich? Das ergab alles keinen Sinn. Dann plötzlich ragten viele, viele

Steine aus dem See heraus. Wie war das möglich? Steine waren schwer.

Doch bei genauerem Hinsehen wurde auch Bella klar, was es war. Die Krokodile. Und als ob das noch nicht genug wäre, fiel ihr auf, die Brücke war sehr nah über dem See gebaut worden. Da hatten die Krokodile leichtes Spiel. Ein Plan musste her. Nach reichlicher Überlegung war die Lösung ganz einfach. Die Tiere schienen zu schlafen. Und um sie nicht aufzuwecken, musste man auf die richtigen Töne treten.
„Bitte gib mir ein Zeichen!", schrie Bella in den Himmel hinauf. Als ob es jemand gehört hätte, erklang der erste Ton. „La." Doch was hatte das zu bedeuten? Einen Moment lang dachte sie an zuhause und an ihre Spielsachen. Da schoss ihr eine Idee in den Kopf. „Die Brücke erinnert mich irgendwie an mein altes Glockenspiel, und das Zeichen La an das erste Lied, das ich darauf spielen konnte. „Kann das sein? Ist das des Rätsels Lösung?", Bella überlegte nicht weiter und spielte das Lied, das sie gelernt hatte. Vorsichtig und behutsam, mit ein wenig Angst, die Krokodile zu wecken, trat Bella einen Fuß nach dem anderen auf die Töne, die das Lied spielten. „La, Le, Lu, nur der Mann im Mond schaut zu." Nur noch ein paar Schritte und sie hatte es geschafft. Kein einziges Krokodil wachte auf, den Himmel sei Dank. Nun war sie drüben angekommen und alles war gut ausgegangen. Denn Bella wäre nicht Bella, wenn sie nicht auch diese Aufgabe mit Bravour gemeistert hätte.

Endlich am Ziel

Nach diesem und hoffentlich letztem Abenteuer kam ein friedlicher Ort. Wiesen, Felder, Wälder, soweit das Auge reichte. Das würde sicher einen langen Fußmarsch geben, dachte Bella vor sich hin. Doch so lange sollte dieser gar nicht dauern, so wie es aussah. Denn schon sehr bald stellte sich heraus, dass die Wiesen, Felder und Wälder abgegrenzt waren - mit einer riesigen, meterhohen Mauer um das ganze Land herum. Man konnte bei bestem Willen nicht sehen, was sich dahinter verbarg. Und auch nicht, wie weit diese ging.

Bella lief dennoch immer näher an die Mauer heran, bis sie in der Mitte ein großes Tor mit einer Inschrift fand. Auf den Toren stand. „Wenn du es bis hierher geschafft hast, hast du bewiesen das in dir Mut und sehr viel Tapferkeit steckt. Lege deine Hand in das Schloss hinein und die Tore öffnen sich.“
„Ohje, meine Hand soll ich da rein legen?” Bei dem Gedanken wurde es Bella doch etwas unwohl zumute. Doch so kurz vor dem Ziel aufzugeben wäre Unsinn. Also verließ sie sich darauf, was in der Inschrift gesagt wurde. Tatsächlich - die Tore öffneten sich laut, langsam und quietschend. Und wieder verhinderte ein starker Nebel, der aufzog, die Sicht.
„Nicht mal meine eigenen Hände kann ich sehen.” Bella bekam es leicht mit der Angst zu tun. Was müsste sie nur jetzt noch machen, um das Land zu finden?
Plötzlich erschien in dem Nebel ein goldenes, hell, leuchtendes Licht, das auf sie zukam. Bella dachte nur an eines: Weglaufen.

„Wir haben schon auf dich gewartet, kleines, tapferes Mädchen." „Wer ist da?", rief Bella dem Licht zu. Dann wurde es immer heller und aus dem Licht wurde ein goldenes Horn, was zu einem Einhorn gehörte. „Hast du im Traum zu mir gesprochen?", fragte sie das Einhorn. „Ja das war ich. Uns Einhörnern ist es nur erlaubt, mit den Menschen im Traum zu reden, wenn diese sehr verzweifelt sind." „Meine Mutter ist sehr schwer krank, und man hat mir von euch erzählt, doch hätte ich niemals damit gerechnet, dass ich zu euch finde." „Du bist ein sehr mutiges und williges Mädchen. Genau das schätzen wir Einhörner. Wir werden dir und deiner Mutter helfen." Der Nebel verzog sich, und Bella kam aus dem Staunen nicht mehr heraus. „Das hier, meine Kleine, ist unser Land. Wenn du genauer hinsiehst, bemerkst du sicherlich, dass es dich an eine Traumwelt erinnert." „Es ist wunderschön. Und so viele gibt es von euch!" „Jedes Einhorn hier besitzt in seinem Horn magische Kräfte. Mit dem Staub unserer Hörner können wir jede unheilbare Krankheit heilen. Doch nur für jene, die bereit sind, den gefährlichen und beschwerlichen, langen Weg bis zu uns zu gehen, und sich als würdig erweisen. Bisher hat noch kein lebender Mensch unsere Traumwelt besucht. Du bist die einzige und einzigartig. Wir haben nicht ohne Grund unser Land geschützt. Denn es gibt unter dir auch böse Menschen, die uns nur gefangen nehmen wollen, für ihren eigenen Zweck und Ruhm." „Das kann ich gut verstehen, es war auch nicht einfach, euch zu finden. Dennoch bin ich froh, es geschafft zu haben."

Daraufhin lief eines der Einhörner zu einem goldenen Baumstamm hin und rieb sein Horn daran. Herunter fiel goldener Staub. „Nimm den Beutel, Bella, und fange den Staub damit auf. Streue ihn übers Gesicht deiner Mutter und sie wird wieder gesund werden."

Sie nahm ihren Beutel und hielt ihn darunter. Der Staub sah aus wie goldene Schneeflocken, die mit einer Leichtigkeit in den Beutel hinein schwebten. Als der Beutel halbvoll war, umarmte Bella das Einhorn und bedankte sich tausendmal dafür. Eines der Einhörner, das Anführer-Einhorn, begleitete sie noch bis zu einer Weggabelung.

„Um die Ecke befindet sich eine ganz besondere Gondel, aus Gold. Lege deine Hand wieder in das Schloss hinein und sie öffnet sich. Dann steige hinein und sie wird dich zum Anfang des ersten Hindernisses, dem Vulkan bringen." „Ehrlich gesagt habe ich gedacht, ich muss den langen, gefährlichen Weg wieder zurück gehen und dieses Mal die Hindernisse mit den Aufgaben rückwärts überstehen." „Das hättest du sicherlich noch einmal geschafft, doch wir wissen, wie dringend du Heim musst, um deine Mutter zu heilen. Denn keiner weiß, ob deine Mutter noch lebt, oder ob es schon zu spät ist. Vergeude also keine Zeit, Bella, und eile. Deine Familie wartet sicherlich schon sehnsüchtig auf dich. Solltest du unsere Hilfe noch einmal benötigen, nimm mein Amulett, das ich um meinen Hals trage, bitte an dich.", und sprich mir folgendes nach: „Falabella, lass mich ein, ich will dein Freund dir sein." Bella sprach diesen Satz mehrmals nach und stieg anschließend in die Gondel ein. „Bitte versprich mir, dass du dem Spezialisten-Arzt nichts von uns erzählst und auch nicht, wie du zu uns gefunden hast. Denn nicht nur ich, auch die anderen Einhörner verspüren, dass er nichts Gutes im Schilde führt." „Macht euch keine Sorgen, es wird immer unser gemeinsames Geheimnis bleiben." Bella winkte Falabella glücklich zu, und die Gondel fuhr los.

Bella hat‘s geschafft

Die Fahrt dauerte eine Stunde lang und war viel kürzer als der Hinweg. Sie dachte sich, es sei sicherlich eine Zaubergondel. Am Rand eines Weges angelangt hielt sie an, und Bella stieg aus. Vor ihr war der große Berg, der ein Vulkan war. Falabella hatte Recht behalten, und nun war der Weg nach Hause nicht mehr weit. Das letzte Stück rannte sie sogar. Nach einer weiteren Stunde konnte Bella nicht glauben, vor dem Haus ihrer Eltern zu stehen.

Leise, jedoch mit voller Vorfreude machte sie die Türe auf, da es schon recht spät war. Doch dann hörte man alle bitterlich weinen. Die wimmernden Geräusche kamen aus dem Zimmer der Mutter. Bella stürmte daraufhin rein und alle staunten sie an, mit großen Augen.

„Wo warst du die ganze Zeit, mein Kind?”, fragte der Vater. „Wir haben uns große Sorgen um dich gemacht.”, sagten ihre Geschwister im weinendem Zustand. „Ich bin einer Legende nach gegangen. Wie geht es Mutter?”, erwiderte Bella. „Es sieht aus, als ob es ihre letzte Nacht wird. Sie wacht sicherlich nicht mehr auf. Es ist zu spät, Bella.”, sagte der Spezialisten-Arzt zu ihr.

„Es ist niemals zu spät. Nur für den, der aufgibt ist es zu spät. Doch ich gebe niemals auf!”, und Bella begann daraufhin, den goldenen Staub übers Gesicht der Mutter zu träufeln. Zuerst schien es keinerlei Wirkung zu zeigen. Einen kurzen Augenblick lang dachte sie, dass der Staub doch keine magischen Kräfte besäße.

Doch nach einer halben Stunde schlug die Mutter die Augen auf und lächelte ihre Tochter Bella an. Die Mutter sprach: „Meine Kleine, was hast du nur hinter dich gebracht, um mir zu helfen. Was du für mich getan hast, lässt sich nicht in Worten beschreiben. Auch meine Mutter hat mir als kleines Kind von der Legende des geheimen Landes der Einhörner erzählt. Doch ich dachte immer, es sei nur eine schöne Geschichte." „Nein Mutter, es ist wahr." Auch alle anderen konnten es nicht glauben. Die Mutter war wieder gesund. Alle weinten sehr, nur dieses Mal waren es Freudentränen.

Am nächsten Tag feierten sie ein Fest. Freunde und Verwandte wurden eingeladen, auch der Arzt. Es war eine schöne Feier die drei Tage lang anhielt, und Bella und ihre Familie waren wieder lebensfroh.
Nun könnte man meinen, die Geschichte wäre zu Ende, wenn da nicht noch der eine Satz wäre, der Bella im Kopf herum schwebte. Dass eines der Einhörner gesagt hatte, sie solle nichts dem Arzt über das Land und die Einhörner erzählen.
Aber dann wollte Bella keinen weiteren Gedanken darüber verschwenden. Denn zu groß war die Freude.

Falabella ruft um Hilfe

Drei Tage dauerte die Feier an. Und Bella fiel ein, sie hatte ja noch die Karte des Spezialisten. Diese musste doch zurück zu ihm. Ohne dem Arzt wäre die Reise nie möglich gewesen. Also machte sich Bella auf dem schnellsten Wege hin. Als sie dort ankam und mit in seinem Haus hinein ging, benötigte der Arzt nur eine kleine List und etwas Überredenskünste. Schon sprudelten Bella nur so die Worte aus dem Munde heraus. Alles, aber auch alles verriet sie ihm. Was für Hindernisse genau es waren. Wie die Rätsel und Aufgaben zu lösen waren und wie sie zum Schluss am Tore stand, vor dem geheimen Land der Einhörner, und wo sich der magische Staub befand. Dann verabschiedeten sich beide und Bella lief nach Hause. Beim zu Bett gehen fielen ihr noch die Worte von Falabella ein. Sie solle dem Arzt nicht über dem Weg trauen.
Gut, er hatte jetzt die Karte wieder, ob doch dahinter böse Absichten steckten? Nein. Das konnte und wollte Bella sich nicht vorstellen und schlief zufrieden ein.

Eine Stunde vor Mitternacht ertönte eine leise Stimme. „Hilf uns Bella!" Und in dieser Nacht träumte sie einen seltsamen Traum. Alle Einhörner wurden gefangen genommen und in enge Käfige gesperrt. Bella bekam einen Schock und wachte auf. Vor ihr schwebte eine durchsichtige, Blase mit einem Einhorn Kopf drin. „Das war kein Traum, Bella", sprach der Kopf in der Blase - es war Falabella, das Anführer-Einhorn. Nun war ihr klar, was sie jetzt tun musste.
Fast flog Bella aus ihrem Bett heraus und rannte zu dem Arzt hin. Jedoch dieser war nicht daheim. Und dann fiel ihr ein, er hatte ja nicht nur die Karte wieder, auch das

Wissen. Wie man in das Land hinein kam, die Rätseln und Aufgaben lösen konnte. Die Einhörner hatten also mit dem, was sie über dem Arzt sagten Recht gehabt.
„Was kann ich nur tun? Ich fühle mich so schlecht, ihm alles gesagt zu haben!", rief Bella verzweifelt, und auf einer Mauer ließ sie sich nieder und weinte bitterlich. Plötzlich bemerkte sie um ihren Hals das Amulett. In die Hand ganz fest gedrückt sprach Bella. „Falabella, lass mich ein, ich will dein Freund dir sein." Nach diesen Worten passierte im ersten Moment nichts dergleichen. Aber dann erschien die goldene Gondel. Sie legte ihre Hand in das Schloss der Gondel hinein, daraufhin öffnete sich die Tür und Bella stieg ein. „Bitte, liebe Gondel. Bringe mich so schnell es geht zu Falabella. Hoffen wir, es ist noch nicht zu spät.", betete Bella vor sich hin. Mal leise und mal laut. So schnell wie die Gondel nur konnte, fuhr sie in das geheime Land der Einhörner.

Eine halbe Stunde später, vor dem Tore angekommen flog Bella fast aus der Gondel heraus und wollte gerade ihre Hand in das Schloss legen. Doch dann sah sie, dass es aufgebrochen wurde, mutwillig. Vorsichtig schob sie die Tore beiseite und warf einen kleinen, kurzen Blick in das Land hinein. Ein Schock umgab Bella und riss das Tor weiter auf. „Oh nein, was habe ich nur getan!" Alles war verwüstet, dunkel, grau und leer. Das Land war nicht mehr umgeben mit bunten, fröhlichen Farben, wie es jedes Kind aus einer Traumwelt kannte. Sogar der goldene Baumstamm war zerstört.
Als Bella das sah, wurde ihr klar, warum sie vor dem Arzt gewarnt wurde. Auf einem kleinen Hügel, der sich im Land befand, setzte Bella sich nieder und die Tränen flossen ihr aus den Augen herunter.
In einer Pfütze schimpfte sie über ihr eigenes Spiegelbild. Dann auf einmal erschien noch ein zweites Spiegelbild.

Zunächst konnte man beim besten Willen nicht erkennen, was es war. Dann leuchtete es immer heller auf, bis man ein goldenes Horn sah. „Falabella, bist du das?", fragte Bella das Licht. Darauf verschwand es und Falabella erschien ihr.

Die gefangenen Einhörner

„Ich bin so froh, dass du so schnell hergekommen bist, Bella.” „Ist das hier wirklich alles der Arzt gewesen?” „Ja, meine Kleine. Er kam mit ein paar anderen Menschen und sie nahmen alle Einhörner gefangen. Nur ich konnte ihnen entkommen.” „Ich dachte aber, ich meine, was ist mit euren Zauberkräften in eurem goldenen Hörnern?” „Die anderen Einhörner können mit ihren Kräften unheilbare Krankheiten heilen. Nur das Anführer-Einhorn, also ich, besitze noch mehr Kräfte. Ich kann mich, wann immer ich will, unsichtbar machen. So konnten mich der Arzt und die anderen Menschen nicht gefangen nehmen. Und wenn Kinder verzweifelt sind, kann ich zu diesen Kontakt aufnehmen, oder zu ihnen hin fliegen.” „Das ist alles meine Schuld. Hätte ich dem Arzt bloß nie etwas erzählt von euch. Ich habe mein Versprechen zu euch gebrochen. Es tut mir so leid. Er war so einfühlsam in der schweren Zeit. Alles, was in seiner Macht stand, und seine Zeit hat er geopfert, damit meine Mutter durchhielt, bis ich wieder kam. Niemals habe ich irgendetwas Böses an ihm feststellen können. Was machen wir jetzt nur? Wie sollen wir die anderen Einhörner bloß befreien? Ich bin doch nur ein Kind.” „Jetzt höre bitte auf mit dem Selbstmitleid, kleine Bella. Du bist viel mehr als nur ein Kind. Wer hat zu uns gefunden? Wer hat alle Gefahren, Rätseln und Aufgaben, ohne fremde Hilfe gelöst? Das warst du. Nur du allein. Das erste und einzige Mädchen, das uns jemals zu Gesicht bekommen hat. Vor dir haben es schon viele versucht und sind gescheitert. Doch du bist die Auserwählte. Wenn es jemand schafft, die Einhörner zu retten, dann du, Bella. Ich glaube an dich. Denn auf das, was dir gelungen ist, kannst du sehr stolz darauf sein. Okay, dass der Arzt von dir alles erfahren hat, war ein

Fehler, doch du bist jetzt hier. Und das sagt mir, wir sind dir nicht egal."

„Natürlich seid ihr das nicht. Ich will euch helfen und meinen Fehler wieder gut machen." Bella nahm sich die Worte von Falabella sehr zu Herzen und sah ein, das Einhorn hatte mit allem Recht. Denn was sie geschafft hatte, war wirklich ein Grund, stolz zu sein. „Ich habe eine kleine Idee, die mir soeben in den Sinn gekommen ist. So könnten wir alle Einhörner befreien. Steig auf meinen Rücken, Bella, denn ich kann schon die Rufe meiner Freunde hören. Ich weiß, wo der Arzt sie versteckt und gefangen hält." Dann stieg sie auf den Rücken des Einhorns und sie flogen los. Eine halbe Ewigkeit dauerte der Flug. Zumindest kam es Bella so vor. Weit abgelegen, wo keine Menschenseele sich wagen würde, lang zu laufen, oder vorbeizufahren.

Falabella flog hinab auf die Erde und schließlich hielten sie beide vor einer großen Fabrik, auf einem riesigen Gelände, an. Gewaltige Zäune mit Strom, zum Schutz, waren aufgestellt, sodass es kein Eindringling schaffen könnte, in die Fabrik hineinzukommen. Doch für Falabella und ihre super Flugkünste war es ein leichtes, über den Zaun hinweg zu fliegen, sodass sie im Gelände der Fabrik waren. Hinter ein paar Heuballen versteckten sich beide, die sicher als Futter für die anderen Einhörner dienten. Und dann mussten sie hoffnungslos zusehen, wie ihre Freunde gequält wurden. In enge Käfige gesperrt, die ebenfalls mit Strom umzäunt waren. Sonst wäre es einfach, die Käfigtüren aufzubrechen, sodass alle fliehen könnten.
Bei vielen Einhörnern fehlte bereits das goldene Horn, was war nur damit passiert? Bella und Falabella stellten sich diese Frage gegenseitig immer wieder.

Bis sie plötzlich den Arzt mit ein paar anderen Männern sahen. Eins der Einhörner, das noch sein goldenes Horn trug, holten sie aus dem Käfig. Mit Seilen schnürte man es an einer Maschine fest. Der Arzt schnitt mit einem Bolzenschneider das Horn ab. Für ein paar Sekunden wieherte das Einhorn, vor leichten Schmerzen. Dann gab er das Horn in die Maschine und diese zerbröselte es, sodass nur noch der goldene Zauberstaub übrig blieb. Am liebsten wäre Bella aufgesprungen, um das arme Einhorn zu retten, doch es waren zu viele Menschen auf dem Gelände. Sie hätte keine Chance gehabt, sich zu wehren. Ein anderes Einhorn wurde grob behandelt. Es versuchte sich mit aller Macht durchzusetzen, doch es hatte nicht genügend Kraft, um sein Horn zu beschützen.

In Falabella und Bella brodelte eine tiefe Wut, die kurz vor dem Kochen war. Ihnen blieb aber nichts anderes übrig, als diese Grausamkeit mit anzusehen, da sie nur zu zweit waren. Ein wütender Gedanke kam beiden gleichzeitig. Nämlich dasselbe dem Arzt und den anderen Menschen auf dem Gelände anzutun. „Wir können doch nicht nur zusehen. Wir müssen etwas unternehmen, schnell!”, rief Bella verzweifelt weinend Falabella zu. „Unternehmen werden wir auch was, aber im Moment bleibt uns keine Wahl, es sind zu viele Leute für uns beide allein. Bitte meine Kleine, das musst du doch einsehen! Wir warten bis die Nacht einbricht und setzen dann meinen Plan in die Tat um. Der sieht folgendermaßen aus: Sobald es dunkel und ruhig in der Fabrik ist und sich alle Menschen drinnen aufhalten, lockst du sie heraus.” „Wie soll ich das denn anstellen?” „Ganz einfach. So laut, wie es nur geht, brüllst du ein Einhorn flieht, ein Einhorn flieht. Denn ich werde den Lockvogel spielen. Alle Menschen werden rausgerannt kommen und mich gefangen nehmen wollen. In der Zwischenzeit hast du genügend Luft, den kompletten Strom um das Gelände herum abzuschalten und mit den anderen Einhörnern zu reden, dass sie mich rufen sollen." „Und wenn dir etwas passiert Falabella, das würde ich mir niemals verzeihen!" „Ich habe doch mehr Zauberkräfte als die anderen Einhörner zusammen. Ich kann mich ganz leicht und schnell unsichtbar machen. Das wird ein lustiges Spiel werden. Während die Leute mich suchen, bin ich längst wieder bei dir und ich kann alle Käfigtüren meiner Freunde aufbrechen. Denn den Schlüssel dafür hat ganz sicher der Spezialist um seinen Hals hängen."

„Na, wenn das mal gutgeht.", sagt Bella mit einer großen Pause dazwischen. „Sei nicht so pessimistisch Bella, der Plan ist idiotensicher. Wo ist denn mein tapferes Mädchen geblieben? Im geheimen Land der Einhörner nimmst du jede Gefahr auf dich und hier bekommst du weiche Knie?" „Das hier ist auch etwas anderes, denn es gibt niemanden und keine Hinweisschilder, die einem den richtigen Weg weisen. Es könnte Verletzungen geben. Also schön, dann machen wir das so. Wenn du daran glaubst, Falabella, dass dein Plan funktioniert, dann tue ich das auch. Bist du auch etwas müde?", fragte Bella sie. „Ein wenig schon, lass uns versuchen zu schlafen bis es dunkel wird." Bella fand, dass das eine gute Idee war, und beide drückten sich eng zusammengelegt an die Heuballen heran und schliefen ein.

Die Befreiung

Allmählich wurde es immer dunkler und ruhiger auf dem Gelände und in der Fabrik. Die Sterne am Himmel funkelten bereits schon. Die Laternen leuchteten auf und Falabella weckte Bella daraufhin. „Meine Kleine, es wird Zeit, den Plan in die Tat umzusetzen." Schnell wischte sie sich noch die Augen, um munterer zu werden und dann schlichen sich beide vorsichtig an die Tore der Fabrik heran. „Nicht mal ein einziger Wachmann auf dem Gelände." „Die scheinen sich hier sehr sicher zu fühlen, die Menschen.", sprach Falabella leise. Vor den Toren angekommen, ergriffen sie die Chance, anzufangen.

Das Anführer-Einhorn flog hinauf, über den gefährlichen Stromzaun hinüber und ließ sich auf der anderen Seite hernieder. Dann ließ Falabella ihr Horn so hell aufleuchten, wie es nur ging. „Bella, jetzt ruf so laut du kannst!" Da nahm sie ihren ganzen Mut zusammen, und auch wenn ihre Knie ganz weich wurden vor Angst, schrie die Kleine los: „Ein Einhorn flieht, ein Einhorn flieht!"
Schnell wie der Blitz rennen alle Menschen, darunter auch der Arzt, aus der Fabrik heraus und folgten dem hellen Leuchten hinter dem Zaun. Bella verkroch sich noch einmal hinter den Heuballen, um nicht aufzufallen. Schließlich waren alle weg und sie alleine auf dem Gelände. Bella schlich sich in die Fabrik hinein und stellte den ganzen Strom ab. An einem Käfig lief sie heran, auf ein aufgeregtes Einhorn zu, und sprach: „Leise, nicht aufregen. Erkennst du mich wieder? Ich helfe euch und Falabella. Bitte rufe sie, denn nur euer Anführer-Einhorn kann euch befreien!" Es ertönte daraufhin ein Klang, der wunderschön war, den aber nur Bella und Falabella hören konnten. „Das klingt ja toll. So ruft ihr euch gegenseitig,

wenn einer in Schwierigkeiten steckt?” Doch die Einhörner waren sehr verängstigt, sodass keiner von ihnen Bella zuhören wollte. Plötzlich kam Falabella zurück und knackte mit ihrem Horn die Schlösser der Käfigtüren auf. Es krachte sehr laut, als die Türen herunter fielen. „Wir müssen uns beeilen, das hören sicher auch alle anderen!” Als alle Einhörner frei waren gab das Anführer Einhorn jedes eine durchsichtige Zauberblase, in diese sprangen sie hinein und schwebten in die Luft hoch, über den Zaun, nach Hause in das geheime Land.

Bis auf Bella und Falabella waren die anderen Einhörner bereits auf dem Weg zurück. „Dort drüben, da ist es!” Ertönte eine laute Stimme. Es war der Spezialist, der auch Bella bereits gesichtet hatte. „Schnell, springe auf meinem Rücken und dann weg hier! Wir haben keine Zeit mehr!” „Bella, wie kannst du mir das nur antun? Nachdem ich dir und deiner Familie so geholfen habe! Ohne mich hättest du niemals deine Mutter heilen können.” „Du bist ein gemeiner Mensch. Du hast alle Einhörner gefangen genommen, nur für deinen Ruhm, und du hast dafür mein Wissen missbraucht. Ich hoffe, ich sehe dich niemals wieder mehr!”, rief Bella ihm aus der Luft zu. Dann flogen sie ebenfalls in das geheime Land der Einhörner zurück. Der Flug dauerte und dauerte, bis sie schließlich vor den Toren ankamen. Da es noch offen war, liefen beide langsam hinein.

Müde und erschöpft von diesem aufregenden Abenteuer konnte Bella ihren Augen nicht trauen. Das Land war genauso schön wie bei ihrem ersten Besuch. Das Traumland, das jedes Kind kennt, mit vielen verschiedenen, bunten Farben und hell leuchtenden Lichter. Sogar der goldene Baumstamm und die goldenen Hörner der Einhörner waren wieder herangewachsen. „Danke Falabella und kleine Bella, dass ihr uns befreit habt!", sprachen alle anderen Einhörner und verneigten sich tief. „Ich hätte nie alleine meine Freunde befreien können, ohne dich, Bella! Auf ewig danken wir dir."

„Es tut mir noch einmal leid, dass ihr wegen mir solche Schwierigkeiten hattet! Ich werde nie wieder jemandem etwas von euch erzählen. Ich hoffe, ihr seid nicht mehr böse auf mich." „Du hast uns geholfen. Das alleine zeigt schon, wie leid es dir tut." „Ich würde euch immer wieder helfen, denn ich vergesse niemals, was ihr für mich und meine Mutter getan habt. Jedoch der Arzt weiß doch, wie man hier in das Land hinein kommt. Wie schützt ihr euch in Zukunft, dass so was Schlimmes nicht noch einmal passieren kann?" „Wir haben unser Land mit neuen schwierigen und kniffligen Aufgaben und Rätseln geschaffen. So kann keiner mehr hier eindringen, der uns was Böses will." „Da bin ich aber beruhigt. Wie komme ich eigentlich zurück nach Haus?" „Unsere goldene Gondel steht nach wie vor hinter der Weggabelung. Sie wird dich zum Anfang des ersten Hindernisses bringen." „Sehe ich euch jemals wieder?" „Wann immer du uns brauchen wirst, oder wir deine Hilfe benötigen, nimm das Amulett in die Hand und halte es immer ganz fest gedrückt. Rufe den Satz, den ich dir beigebracht habe und ich werde bei dir sein." Bella verabschiedete sich von Falabella und stieg in die Gondel ein.
Nach der Fahrt hielt sie vor einem seltsamen Hügel an. „Das muss das erste Hindernis sein.", dachte sie sich, doch zu groß war das Heimweh, um darüber nachzudenken, und Bella rannte nach Hause.

Vor der Eingangstür standen bereits ihre Eltern und Geschwister. In deren Gesichtern sah man ihnen schon an, wie voller Sorge diese waren. „Bella, wo warst du? Wir

haben überall nach dir gesucht!" „Tut mir leid Mutter. Ich hatte einen Notfall. Das geheime Land der Einhörner, war in großer Gefahr." „Das musst du alles ganz genau erzählen, mein Kind.", sprach der Vater. Sie liefen alle ins Haus hinein und Bella erzählte die ganze Geschichte. „Wenn ich nicht gewesen wäre, gäbe es jetzt kein geheimes Land und auch keine Einhörner mehr." „Unglaublich, dass der Arzt so ein Bösewicht ist. Ich habe viel von ihm gehalten.", sprach der Vater wütend. „Gott sei Dank geht es dir und den Einhörnern gut!", sagte die Mutter erleichtert.
„Wenn das kein Grund zum Feiern ist!", riefen die Geschwister freudig. Und es wurde eine großartige Feier zu Ehren von Bella und ihren Freunde, den Einhörnern.

Man sollte noch lange und viel darüber reden, was zu einer erneuten, wunderschönen Legende führte, die auch später anderen Kindern und den Kindern von Bella erzählt wurde. So blieb das Land eine traumhafte, geheimnisvolle Traumwelt, die jedermann bis heute noch in Erinnerung mit sich trägt.

TEIL 2

Die Einhörner rufen erneut um Hilfe

Könnt ihr euch noch entsinnen, was alles in der letzten Geschichte so passiert ist? Die Mutter von Bella war sehr schwer krank. Nur eines konnte sie wieder gesund werden lassen: der goldene Zauberstaub von den goldenen Hörnern der Einhörner. Wir ihr sicher wisst, hat es Bella geschafft. Sie hat ihre Mutter gerettet und alle waren wieder glücklich. Doch dann war das Land der Einhörner in großer Gefahr. Die kleine Bella rettete aber alle Einhörner und sie feierten ein fröhliches Fest. Und lange sollte man sich noch diese schöne Geschichte erzählen. Familien, sowie guten Freunden.

Was wurde aber eigentlich aus Bella? Nun, sie wuchs zu einer wunderschönen Frau heran und tat das, was sie am besten konnte: helfen. Menschen helfen. Denn aus ihr wurde eine Ärztin für alle. Sie arbeitete in einer Klinik, und da war jeder Tag gleich. Das hieß: zeitig aufstehen und auf die Arbeit gehen.
Vorher allerdings schaffte sie noch ihre beiden Kinder in den Kindergarten. Ja, Bella hatte Kinder, zwei Stück. Einen Jungen und ein Mädchen. Manchmal gab es bei Bella Tage, an denen sie sich fragte, wie es den Einhörnern wohl ginge und was diese so trieben, da seit einigen Jahren kein Kontakt mehr mit ihnen bestand.

Jetzt lasst uns mal in das Land hinein schauen, in dem sich die Einhörner befinden. Seit vielen Jahren geht es ihnen sehr gut. Sie waren froh und glücklich zugleich, ihr Land solange und so toll beschützen zu können. Sie spielten, tobten, lachten und rannten im ganzen Land herum. Auch die kleinen Fohlen, die erst ein paar Wochen alt waren, flitzen nur so umher.

An einem schönem Sommertag sollte jedoch auf einmal nichts so sein, wie es mal war. Die kleinen Einhörner spielten munter auf einem Hügel herum, der sich im Land befanden. Ohne dass sie es bemerkten, schlich sich eine gewaltige und giftige Schlange an sie heran. Denn durch das hohe Gras war es unmöglich, diese rechtzeitig zu sehen. Während die kleinen aber weiter spielten, umkreiste sie die Schlange die beiden inzwischen bereits schon. Dann wollte eines der kleinen Einhörner einen Stock zum Spielen aufheben. Doch das war kein Stock! Das war das Schwanzende der Schlange. Daraufhin schrie die Schlange auf, und nahm Angriff auf das kleine Fohlen und schnappte zu. Beide Einhörner erschraken so sehr, dass sie sich vor Angst nicht bewegten und sich fest die Augen zu hielten. Sie dachten, ihr letztes Stündchen hätte geschlagen. Beide waren aber noch am Leben.

Was war passiert? Zwischen der giftigen Schlange und dem kleinen Fohlen stand das Anführer-Einhorn Falabella, das jetzt mit der Schlange kämpfte. Der Kampf dauerte sehr lange und als beide keine Kraft mehr hatten, verließ die Schlange das Land. Alle anderen Einhörner jagten sie noch eine Weile, um sicher zu stellen, dass sie für immer vom Land wegbliebe. Nun war alles wieder gut, dachte man. Doch der Scheint trügte. Denn aus irgendeinem Grund stand Falabella nicht auf.

Die kleinen Fohlen waren gerettet und unverletzt geblieben, aber für das Anführer-Einhorn sah es wohl nicht so gut aus. Farabella war schwer verletzt am rechten Bein. Alle standen um sie herum und weinten bitterlich. Sie rieben ihre Hörner, jeder einzelne von ihnen an dem goldenen Baumstamm, um so viel Zauberstaub zu erhalten, wie es nur möglich war. Diesen träufeln alle Einhörner auf Falabellas verletztes Bein. Doch das half nicht, da es bei Einhörnern nicht so einfach war wie bei einem Menschen.
Eines sprach dann verzweifelt: „Was sollen wir jetzt nur tun? Ohne Falabella können wir das Land nicht mehr beschützen, und jeder kann, wann immer er möchte, hier ganz leicht in unser geheimes Land eindringen. Sie darf nicht von uns gehen. Niemals. Das darf nicht passieren! Dazu kommt noch, dass unser schönes Land an Kraft verliert, und nicht mehr dasselbe ist, was alle Kinder kennen, aus der Traumwelt."

Die anderen versuchten, das eine Einhorn zu beruhigen, und überlegten sich gemeinsam eine Lösung für dieses Problem. Dann versuchten sie, mit Falabella zu reden: „Was können wir tun, Anführer-Einhorn? Wir verlieren alle an Zauberkraft, bitte, du musst durchhalten, bis wir einen Weg gefunden haben, dich zu heilen." Falabella flüsterte leise einen Satz vor sich hin, den nur ein Einhorn verstand, da es von allen anderen die besten Ohren besaß. „Bella, wo bist du?" Dieser eine Satz lies bei allen Einhörnern die Alarmglocken klingeln. Bella musste jetzt her. Nur sie konnte Falabella helfen. Die einzige und einzigartiges Mädchen was früher einmal schon alle Einhörner gerettet hat.

Nun wussten alle, was zu tun sei, um das Anführer-Einhorn zu heilen. Für ein paar Minuten verließen sie

Falabella, und stellten sich auf einem Hügel im Kreise auf. Mit der letzten Kraft und Macht, die sie noch besaßen, ließen sie einen Hilferuf-Ton erklingen, mit großer Hoffnung daran gebunden, dass ihn Bella hörte und sie die Einhörner noch nicht vergessen hatte.

Es war ein sehr stressiger Arbeitstag. Jeder, aber auch jeder, wollte heute etwas von Bella, und schon bald wusste sie nicht mehr, wo ihr der Kopf stand. Alle redeten durcheinander und kreuz und quer mit ihr. Plötzlich ertönte in ihren Ohren ein seltsames lautes, aber sehr verzweifeltes Klingeln. Als ob das nicht genug wäre, hörte es Bella immer und immer wieder.
„Was ist das denn jetzt schon wieder?" „Was hast du? Alles in Ordnung mit dir?" „Habt ihr das denn nicht gehört?" „Nein. Was denn?" „Ach, nichts weiter. Ich habe es mir wohl eben gerade nur eingebildet." „Wie auch immer, Bella. Wir müssen die Arbeit hier noch erledigen jetzt."
Das Geräusch verschwand für ein paar Minuten. Doch dann hörte es Bella wieder. „Was ist das bloß? Und wieso höre es nur ich alleine und alle anderen nicht?" „Ist wirklich alles okay bei dir?" „Ja, ich muss nur mal kurz weg, an die frische Luft." Sie lief hinaus und draußen dachte sie, jetzt sei es endlich vorbei. Aber dann ertönte es erneut und lauter und länger als die anderen Male zuvor. Dieses Mal hörte Bella genau zu. Es klang wunderschön, wie eine Zaubermelodie, aber auch traurig und verzweifelt zugleich. Dann fielen ihr die Einhörner ein, die einmal so ein ähnlichen Ruf ertönen lassen haben. „Kann das sein? Ist das möglich?" War das des Rätsels Lösung des merkwürdigen Klingelns, das nur sie hörte. „Rufen mich vielleicht die Einhörner um Hilfe?"

Ein schlechtes Bauchgefühl überkam sie, wie seit langem schon nicht mehr. „Falabella braucht mich!" Bella lief wieder in die Klinik hinein, nahm sich Urlaub und rannte nach Hause so schnell sie konnte. Dort suchte sie in ihrem alten Kinderzimmer nach dem Amulett. „Was ist denn hier los? Dein schönes Kinderzimmer sieht aus als wäre es in die Luft gegangen!" „Bitte Mutter, es tut mir leid, doch ich habe jetzt keine Zeit dafür. Ich suche das Amulett von Falabella. Weißt du vielleicht, wo ich es hin getan habe?"
„Natürlich. Es liegt in der braunen Schublade da drüben. Ist mit dem Anführer-Einhorn denn etwas nicht in Ordnung?" „Das weiß ich noch nicht. Ich weiß nur, dass die anderen mich dringend um Hilfe rufen. Bitte passe eine Weile auf meine Kinder auf. Bis ich zurückkehre." „Mache dir keine Sorgen um sie, aber bitte passe auf dich auf und komm gesund zurück."
Bella verabschiedete sich von ihrer Mutter und rannte zur Tür hinaus. Sie nahm das Amulett fest in die Hand und drückte zu. „Falabella, lass mich ein. Ich will dein Freund dir sein." Ja, die Zauberworte hatte sie nicht vergessen, um in das geheime Land der Einhörner zu gelangen. Es dauerte nicht lange58, da kam die goldene Gondel zu Bella heruntergeschwebt. „Wie war das doch gleich? Bitte Gondel, öffne die Tür."
Doch diese Worte halfen nicht. Bis ihr einfiel, sie müsse ja ihre Hand in das Schloss hinein legen, dann öffnet sich die Tür. Bella stieg ein und die Gondel fuhr los. Etwas war jedoch anders als sonst. Sie fuhr mit einer rasenden Geschwindigkeit. Es schaukelte hin und her. Es musste wirklich ein dringender Notfall sein, dachte Bella sich leise.
Die Fahrt dauerte nur ein paar Sekunden lang. Und dann stand sie vor dem Tore des geheimen Landes der

Einhörner. Bella öffnete sie mit einem kleinen Zögern. Dann sah sie, wie alle Einhörner um etwas herumstanden. „Ob sie um das Anführer-Einhorn herum stehen?" Tatsächlich - es war Falabella. Schwer verletzt vom giftigen Biss der Schlange.

Alle Einhörner erzählten Bella die ganze Geschichte, wie es dazu gekommen war. Anschließend sprach Falabella zu Bella: „Du bist so groß geworden, meine Kleine." „Falabella, welche Schlange hat dich gebissen? Ich bin eine gute Ärztin. Ich weiß alles über die Medizin. Und habe ganz bestimmt das passende Gegenmittel dafür." Bella und alle anderen weinten sehr. Denn alle bangten um Falabella´s Gesundheit. „Diese Art von Schlange gibt es nicht in deiner Welt, meine Liebe. Kein Mittel, das du besitzt, kann mir helfen." „Warum hast du mich dann rufen lassen? Soll ich dir etwa dabei zusehen, wie du von uns gehst?" „Ich wollte dich sehen und was aus dir geworden ist. Und ob du noch an uns denkst?" „Natürlich denke ich an euch. Jeden Tag und jede Nacht. Aber Falabella, es muss doch einen Weg geben, dich wieder gesund zu bekommen. Wenn es eine Möglichkeit gibt, dann sage sie mir bitte. Es darf nicht sein, dass du verschwindest - und damit auch das ganze Land und alle anderen Einhörner mit. Die anderen brauchen dich und vor allem brauche ich dich!" „Eine Möglichkeit gibt es schon, doch wir Einhörner wissen nicht viel darüber und ob sie wirklich existiert." „Bitte Falabella, erzähle mir alles was du weißt, damit wir dich wieder gesund bekommen." „Also schön. Es soll eine mysteriöse Pflanze oder Blume geben, die sich die Einhornblume nennt. Die Blütenblätter sind ganz aus Gold und sehen aus wie unsere goldenen Hörner. Sie wächst nur alle vier Jahre einmal. Man sagt, sie könne Wunder bewirken und uns Einhörner von jeder Krankheit heilen, wie auch von diesem Biss der giftigen

Schlange. Wenn mich nicht alles täuscht, müsste sie inzwischen voll ausgewachsen sein und aufgeblüht." „Wo kann ich diese Blume finden?" „Der Weg dorthin ist nicht nur sehr weit. Er ist mit noch gefährlicheren Gefahren verbunden, da ist das was du bisher erlebt hast, nichts dagegen." „Sage ihn mir, den Weg. Ich will es versuchen." „Du gehst immer in Richtung Norden und kommst an ein erstes Hindernis, ein sehr langes Tal. Zwei Stunden lang muss man geradeaus gehen, ohne eine Pause zu machen. Du darfst nicht einmal kurz anhalten. Was dich darin allerdings erwartet, weiß ich nicht genau. Wir Einhörner wissen nur, das ist das Tal der Habgier. Nie darfst du etwas vom Boden aufheben, egal was du liegen siehst, oder was auf den Boden fällt. Ich glaube, sonst ist man für immer darin gefangen aufgrund seiner Gier. Der Weg nach Hause wird dir für immer versperrt werden. Solle es dir gelingen dies zu überwinden, dauert es nicht sehr lang, dann kommt das nächste Hindernis, oder besser gesagt, ein Rätsel. Ich kann dir nicht sagen, was es genau ist. Wir sind noch niemals dort gewesen. Gelingt es dir, es zu lösen, kommt die nächste Aufgabe, aber wenn du scheiterst, wird eine Mauer erscheinen, die dich vier Jahre lang einsperrt. Bis die Blume neu erblüht." „Ohje, so lange muss man dann warten? Aber ich weiß, ich werde es lösen, ganz bestimmt." „...Die vorletzte Aufgabe ist eine Brücke, jedoch nicht mit einem See umgeben und Krokodilen, da musst du deine Schnelligkeit beweisen. Und das letzte Hindernis ist eine unheimliche Höhle, vielleicht sogar die schwerste Aufgabe von allem überhaupt. Sie ist dunkel und steckt voller Gefahren. Aufgeteilt in vier Abschnitte, in jedem steckt eine andere Gefahr. Im ersten Teil musst du auf deinen Weg achten. Er ist voll mit schwarzen Löchern und man sieht die Hand vor Augen nicht. Im zweiten Abschnitt befinden sich rutschige

Steine. Stürzt du und rutschst aus, fällst du in ein tiefes Loch. Im dritten Teil der Höhle: egal was du hörst, riechst oder siehst, verlasse dich da niemals auf deine Sinne. Denn das ist der Abschnitt, der Verwirrung. Laufe immer weiter bis zum letzten Abschnitt. Da soll sich dann irgendwo die Einhornblume befinden. Das ist das dunkelste Stück der Höhle und …! Es tut mir leid. Ich kann dir den Rest nicht erzählen. Wir Einhörner sind noch niemals da gewesen."
„Ist nicht so schlimm, Falabella. Du hast einmal vor vielen Jahren meiner Mutter geholfen. Und nun helfe ich dir. Ich bin dir was schuldig. Also schön. Dann mache ich mich auf dem Weg und werde es versuchen, die Einhornblume zu finden." „Meine liebe Bella, bitte achte immer auf deinen Weg, pass auf wohin du trittst und eines noch bevor du gehst. Dreh dich niemals, wirklich niemals um und blicke zurück! Sonst fällst du zum Anfang zurück. Das ist die wichtigste Regel, wenn jemand vorhat, die Blume zu suchen." „Mach dir keine Sorgen, Falabella. Ich gebe auf mich acht."
Und so machte sich Bella auf dem Weg.

Das Tal der Habgier

Sie lief immer in Richtung Norden. Ein langer Fußmarsch, und Blasen plagten sie bereits, als anschließend ein Schild erschien. Darauf stand „Das Tal der Habgier“. „Das muss es ein.” Bella blickte hinein und zögerte einen kurzen Moment lang. Doch dann packte sie der Ehrgeiz und lief hindurch. Nun hieß es zwei Stunden lang laufen, ohne Pause, ohne anzuhalten, und nicht auf dem Boden zu blicken. Dies schien zunächst ganz einfach zu sein. Doch das Tal hatte es wirklich in sich gehabt. Auf einmal kam eine Horde Schafe auf sie zu. „Wow, so viele. Davon könne man unendlichen Gewinn machen!” Denn in Bellas Stadt war Schafwolle sehr begehrt. Aber sie blieb stark und lief weiter geradeaus. Eine kurze Zeit später fiel ein Zweieurostück auf den Boden herunter. „Na, wenn mich diese zwei Euro überreden sollen, sie aufzuheben! Das ist kinderleicht, da zu widerstehen.” Plötzlich kam ein Donner und es fing an, Geldstücke zu regnen. Nun lagen sicherlich schon paar tausende von Zweieurostücken herum und Bella schluckte zweimal kräftig, und lief mit geschlossenen Augen hindurch und weiter nach vorn. Die Zeit verging und als nur noch eine halbe Stunde zu laufen war, dachte sich Bella, dass auf dem letzten Stück nichts weiter passieren dürfte, da sehr lange schon im Tal eine merkwürdige Ruhe herrschte. Aber einer Gier sollte sie noch über den Weg laufen. Ein Sack erschien, und es stand „Eine Million Euro“ darauf. Sie blickte nach links und rechts und es erschienen weitere Säcke. „Mit so einem Sack hätte ich nie wieder irgendwelche Sorgen. Einer davon muss doch erlaubt sein. Ich brauche nur einen.” Bella griff nach einem dieser Säcke, wollte ihn gerade öffnen, als plötzlich eine leise Stimme ertönte: „Nicht Bella, lauf weiter.” Bella schüttelte den Kopf vor

Schreck, wachte aus der Trance auf und ließ den Sack fallen und rannte den Rest aus dem Tal heraus. Ganz aus der Puste war sie, aber das erste Hindernis war überstanden. Doch das nächste kam schon sehr bald auf sie zu.

Das schwere Rätsel

Schon nach ein paar Metern kam die nächste Aufgabe. Ein Schild erschien und es stand: „Versuch, es zu lösen." Eine große Mauer umkreiste sie rund herum. Kein Ausweg weder nach vorn noch zurück. An einer der Mauer Wände war das Rätsel: „Ich bin nur einen halben Meter groß und doch brauchen mich sehr viele. Ich gebe euch Freude und viel Glück. Denn ich bringe euch eure Gesundheit zurück."
Eine Uhr erschien mit einer Zeitvorgabe von fünfzig Sekunden, um das Rätsel zu lösen. „Was könnte damit nur gemeint sein?“ Nach reichlichem Überlegen überkam Bella ihr altbekanntes Bauchgefühl. Alles hatte bisher immer mit dem geheimen Land der Einhörner zutun gehabt. Auch der Weg in das Land, alle Aufgaben drehten sich nur darum. ,,Könnte das des Rätsels Lösung sein? Geht es um die Einhörner im Land, oder etwas, das sich da befindet und sehr wichtig ist?" „Zwanzig Sekunden noch!", rief eine Stimme, die aus der Uhr kam. „Mal sehen, die Einhörner können ja unheilbare Krankheiten heilen, bei Menschen. Sie haben einen goldenen Zauberstaub. Natürlich, und um den Staub zu erhalten, reiben sie ihre Hörner an einem goldenen Baumstamm. Und der ist nur einen halben Meter groß. Du bist der goldene Baumstamm vom geheimen Land der Einhörner!", rief sie so laut es ging. Die Zeit war um, und gerade noch so gelang es Bella, diesen Satz auszusprechen. Ein lautes Tröten erklang und alle Mauern fielen um. Voller Stolz, auch diese Aufgabe bewältigt zu haben, lief sie weiter immer in Richtung Norden. Und so kam nach kurzer Zeit die dritte Aufgabe auf Bella zu.

Die Brücke der Schnelligkeit

Das nächste Schild, und somit die dritte Aufgabe, kam rasend schnell. Folgendes stand darauf: „Wie schnell bist du?” Bella schaute sich daraufhin die Brücke genau an. „Sie sieht nicht wirklich stabil aus.” Und sie bekam doch ein mulmiges Gefühl, bei dem Gedanken, schnell rüberzulaufen. Einen Schritt wagte Bella und trat auf das erste Stück der Brücke. Plötzlich fiel es herunter. „Ohje, hier muss man wirklich schnell, sehr schnell rüber rennen!“ Sie lief ein paar Meter rückwärts zurück und rannte los. Bella wurde immer schneller und schneller. Nur noch eine Staubwolke war hinter ihr zu sehen. Auf der anderen Seite der Brücke angekommen und ganz außer Atem, jubelte sie los: „Ich habe es tatsächlich geschafft! Nur noch eine Aufgabe! Ich muss es schaffen, die Einhornblume zu finden, um Falabella zu retten.“
Erschöpft, aber mit einem starken Willen, lief sie weiter zum letzten und schwierigsten Hindernis von allen. Die unheimliche Höhle. Was da nur auf sie warten würde, sollte Bella bald erfahren.

Die unheimliche Höhle

Nun war Bella davor. und ein kalter Schauer lief ihr über den Rücken herunter: „Ohje, es ist so dunkel darin, dass man ja die Hand vor Augen nicht sehen kann! Bitte liebe Einhörner ich bin bald am Ziel. Schenkt mir ein kleines Leuchten." Als ob sie es gehört hätten, kam ein kleines Licht auf Bella zu und führte sie durch die Höhle. „Danke, Falabella!" – denn, wenn es die Einhörner gehört haben, dann nur sie.
Im Inneren der Höhle des ersten Abschnittes waren überall schwarze, dunkle Löcher. Hier war Vorsicht geboten. Einen Fehltritt und Bella würde hineinfallen und alles wäre umsonst gewesen. Hier nahm sie sich besonders viel Zeit, um behutsam Schritt für Schritt zum zweiten Teil zu gelangen. „Ich muss genau aufpassen, wohin ich jetzt trete." Teilweise mit den Zehenspitzen lief sie um alle Löcher herum.
Dann, am zweiten Teil angelangt, war es schon ein wenig heller, und das Licht, das Bella begleitet hatte, erlosch wieder. Hier befanden sich rutschige, glatte Steine, die den Weg zum dritten Teil der Höhle zeigten. Ihr blieb nichts anderes übrig, als auf die Steine zu laufen, denn sonst würde sie in eines der tiefen schwarzen Löcher hineinfallen.

Da kam ein Bauchgefühl, das ihr sagte: „Laufe barfuß hinüber!" Denn Bellas Füße waren vom letzten Abenteuer schweißgebadet und hafteten sehr gut. Und so zog sie sich die Schuhe aus.
An der Wand hielt Bella sich fest und lief Stück für Stück den steinigen Weg entlang. An einer Kreuzung sprang sie den Rest zum dritten Abschnitt der Höhle sicher hinüber. „Endlich ein normaler Weg." sagte Bella erleichtert. Auf

einmal erschien vor ihr Falabella.
Doch das konnte nicht sein! Sie doch nicht genug Kraft um zu erscheinen. Aber Bella war so froh sie zu sehen, dass sie dies ausblendete.
„Komm, Bella, folge mir!" Und sie rannte dem Erscheinungsbild des Einhorns nach. Eine leise Stimme flüsterte ihr ins Ohr: „Bella, bleib stehen!"
Daraufhin blieb sie stehen. Und das zum Glück! Vor ihr war ein großes schwarzes Loch. Das Einhorn, das wie Falabella aussah, aber nur ein Trugbild gewesen war, war verschwunden. Hinter dem Loch lag der dritte Teil der Höhle. Und Bella lief tapfer weiter.

Ein seltsamer Geruch stieg ihr in die Nase. Es roch nach etwas Verbrannten. Der Geruch wurde immer stärker und es schien, als ob er direkt hinter ihr war. „Nicht umdrehen, Bella. Weiter geradeaus.", sprach sie vor sich hin, aber mit viel Angst. Sie summte ein kleines Lied vor sich hin und lenkte es von allem ab. Bis Bella ein kleines Winseln hörte. Es klang wie eines ihrer Kinder. Doch das war unmöglich. Denn beide waren gut bei ihrer Mutter aufgehoben. Dann sah sie sogar eines von ihren Kindern. Doch Bella blieb stark, machte die Augen fest zu und rannte zum vierten und letzten Teil der Höhle.

Die Einhornblume

Doch im vierten und letzten Abschnitt der Höhle hörte einfach der Weg auf. Keine Aufgabe, kein Rätsel, oder ähnliches. Nichts. „Aufgeben ist jetzt nicht, so kurz vor dem Ziele!"

Eine kleine Wut umkam sie und ein Gefühl. Es war seltsam, denn das Gefühl sagte ihr sie solle springen. Hinab in die dunkle Tiefe. „Bisher konnte ich mich immer auf mein Bauchgefühl verlassen. Ich glaube nicht, dass es mich gerade jetzt im Stich lassen würde." Sie nahm ihren ganzen Mut zusammen und sprang hinunter. Doch sie fiel nicht, ihr Körper schwebte hinunter.

Irgendwann sah Bella ein goldenes Leuchten. „Ob das die Blume ist, nach der ich schon so lange suche?“, fragte sie sich leise. Dann hatte sie plötzlich wieder festen Boden unter den Füßen und stand neben dem Leuchten.

Es war wirklich die Einhornblume, denn bei näherem Hinsehen erkannte man die goldenen Blüten und die sahen tatsächlich wie Hörner aus, wie die, die Einhörner trugen. Langsam pflückte Bella die Blume und legte sie in ihre Tasche hinein.

„Wie komme ich jetzt allerdings auf dem schnellsten Wege zurück?" Dann fiel ihr das Amulett herunter. Sie nahm es fest in die Hand und sprach: „Falabella, lass mich ein, ich will dein Freund dir sein." Bella konnte es nicht glauben, dass im Dunkeln wirklich die Gondel erschien. Sie stieg hinein, als sich die Tür öffnete und sagte: „Bitte liebe Gondel, bringe mich so schnell es geht zu Falabella. Hoffen wir, es ist noch nicht zu spät."

Farabella ist gerettet

Die Gondel fuhr los. Und die Zeit darin kam Bella wie eine Ewigkeit vor. Dann hielt sie an und sie rannte zu Falabella hin. Alle anderen Einhörner weinten sehr. Man sah bereits wie das ganze Land an Kraft verloren hatte. Alle Blumen welkten schon und der Himmel war düster und grau. Bella stand vor Falabella und in ihr war kaum noch Lebenskraft. „Du hast mir auf der gefährlichen Reise immer mal wieder geholfen. Das war nicht gut, denn dir geht es noch schlechter als vorher." „Ich musste dir helfen Bella. Ich musste es einfach."
„Ich weiß schon. Schau, ich habe die Einhornblume gefunden!" Sie nahm die Blütenblätter und träufelte sie auf die Verletzung, die Falabella am rechten Bein hatte.
„Das wird sicher eine Weile dauern, bis es Wirkung zeigt.", dachte sich Bella. Denn für einen Moment lang passierte gar nichts. Alle nahmen mehr Abstand von Falabella und warteten weiter ab. Dann kam Falabella immer mehr zu Kräften und stand sogar auf. Das Land blühte erneut auf, und die grauen Wolken am Himmel verzogen sich. Alle sprangen freudig herum. Nicht mal ein Kratzer war zurück geblieben. Die Einhornblume hatte Falabella völlig gesund gemacht.

Ein großes Fest wurde gefeiert, zugunsten von Bella. Denn alleine ihr Mut hat dazu beigetragen, Falabella das Leben zu retten.
Aber auch diese Feier musste mal zu Ende gehen. Denn Bella wollte nur noch eines. Nach Hause zu ihren beiden Kindern. Alle verabschiedeten sich, mit dem Versprechen, dass Bella eine neue Geschichte erzählen durfte: Die Geschichte von Falabellas Rettung.

Und heute erzählt Bella sie ihren Kindern Und diese erzählen es wiederum anderen. So vergisst keiner, wie wichtig es ist, anderen zu helfen.

Bella jedoch forschte über die Einhorn Blume. Denn ein Stück der Blüte durfte sie sich mitnehmen. Um herauszufinden, wie man mehrere davon herstellen und anpflanzen könnte, wenn wieder mal ein Einhorn in Gefahr schwebte.